AF411016

FRAGMENTS,

COMPOSÉS

D'UN PROLOGUE,

DES ACTES

D'ÆGLÉ,

ET DE L'AMOUR ET PSYCHÉ,

REPRÉSENTÉS

PAR L'ACADÉMIE-ROYALE

DE MUSIQUE,

Le Mardi 24 Juin 1760.

PRIX XXX SOLS.

AUX DÉPENS DE L'ACADÉMIE.

A PARIS, Chez DE LORMEL, Imprimeur de ladite Académie, rue du Foin, à l'Image Sainte Geneviéve.

On trouvera des Livres de Paroles à la Salle de l'Opera.

M. DCC. LX.

AVEC APPROBATION ET PRIVILEGE DU ROI.

PROLOGUE.

ACTEURS CHANTANTS
DANS LES CHŒURS.

CÔTE' DU ROI.		CÔTE' DE LA REINE.	
Mesdemoiselles.	*Messieurs.*	*Mesdemoiselles.*	*Messieurs.*
Letourneur.	Lefevre.	D'alliere.	S. Martin.
La Croix.	Le Page.	Maffont.	Albert.
	Archambaud.		Jaubert.
Durand.	Durand.	Salaville.	Tourcaty.
Fontenet.	Scelle.	Lachantrie.	Touvoys.
Delor.	Rofe.	Edmée.	Chappotin.
	Robin.		Favier.
Roublot.	Antheaume.	L'étienne.	Feret.
Héry.	Parant.	Leger.	Du Perrier.
			Boy.

PERSONNAGES
DU PROLOGUE.

LA VOLUPTÉ,	Mlle. Dubois.
L'AMOUR,	Mlle. Villette.
LA MODE, Nimphe,	Mlle. Le Miere.

Suite de LA VOLUPTÉ.
Suite de L'AMOUR.
Suite de LA MODE.

La Scêne est dans un Jardin.

PERSONNAGES DANSANTS.
SUITE DE LA VOLUPTÉ ET DE L'AMOUR.

M^r. HUS.   Mlle. CARVILLE.

M^{rs}. Trupty, Hamoche, Levoir, Valentini.

Mlles. Tételingre, Siane, S^t. Félix, de Ferriere.

SUITE DE LA MODE.
PANTOMIMES.

M^r. LANY.   Mlle. LYONNOIS.

M^r. BEATE.   Mlle. DUMONCEAU.

M^r. GARDEL.

M^{rs}. Lelievre, Hyacinte, Grosset, Leger, Gougi,
Cezeron.

Mlles. Demiré, Mescar, Martigny, Ray, Lacour,
Basse.

PROLOGUE.

Le Théâtre représente un Jardin.

SCENE PREMIERE.

LA VOLUPTÉ, & SA SUITE.

LA VOLUPTÉ.

Amour, charmant Amour, Dieu de la volupté,
Lance tes traits vengeurs : tu dois être irrité.
Tous les cœurs, en ces lieux, te refusent l'hommage
          Que l'on rendoit à ta Divinité.
          Mais si la clémence t'engage
          A faire grâce à leur témerité,

Pour me les affervir, vole fur ce rivage.
De leurs foibles plaifirs viens détruire l'ufage ;
Et reprenons le foin de leur félicité.

CHŒUR de la fuite de la VOLUPTÉ.

Aimable enfant de la Fille de l'Onde,
Defcendés fur ces bords , pour rétablir vos loix.

LA VOLUPTÉ.

Vous cefferiés, Amour, d'être l'âme du monde,
Si vous nous refufiés de reprendre vos droits
Sur le cœur des fujèts du plus puiffant des Rois.

Aimable enfant, &c.

(On entend un Prélude.)

LA VOLUPTÉ.

Senfible à nos accents, il daigne nous entendre:
Des fons harmonïeux s'élévent dans les airs.
C'eft l'Amour qui va defcendre,
C'eft le Dieu de l'Univers.

SCENE II.

L'AMOUR, LA VOLUPTÉ, *Suite de* L'AMOUR, *Suite de* LA VOLUPTÉ.

L' AMOUR.

DÈs que la Volupté m'appelle,
Je vole avec ardeur près d'elle.

LA VOLUPTÉ.

Souffrirés-vous, Amour, l'affront que je reçois ?
Une Nimphe bifare, orgueilleufe, volage,
Triomphe de vous & de moi :
Elle a brifé vos traits, pour nous faire un outrage.

L' AMOUR.

Sur ces bords fortunés, que j'ai long-tems chéris,
On fe plaifoit à recevoir ma chaîne.
Les jeunes cœurs n'y craignoient point la peine
Dont vos plaifirs étoient le prix.
Ce tems n'eft plus ! . . . . . .

LA VOLUPTÉ.

Que l'Amour le ramene :
Rendés-nous ces beaux jours,
Ces jours dont notre accord favorifoit le cours.
Annoncés vos plaifirs, & les cœurs vont fe rendre.

L' *A M O U R.*

Pour vous dèsabufer, je veux bien l'entreprendre :
Plaifirs, faites briller les Jeux & les Amours.

On danfe.

L A *V O L U P T É.*

> L'Amour vole
> De l'un à l'autre Pole ;
> Auffi vîte qu'Éole,
> Il traverfe les Airs.
> Dans les Mers,
> Jufqu'aux Enfers,
> Il fait porter fes fers.
> C'eft la Bouffole
> De tout l'Univers.

(*On entend un Prélude qui annonce la Mode.*)

L A *V O L U P T É.*

Ciel ! la Nimphe s'avance . . . .
Amour, c'eft à vous feul à venger notre offenfe.

(*Elle fort.*)

SCENE

SCENE III.

LA MODE, L'AMOUR, *Suite de* LA MODE, *Suite de* L'AMOUR, *PANTOMIMES.*

L'AMOUR.

Ne cesserés-vous point d'abuser les Mortels ?
Ils vous doivent l'erreur qui détruit mon empire.
Par cette illusion, je vois que tout conspire
    A vous consacrer mes Autels.

LA MODE.

Quand je ne viens ici qu'abréger vos mistères,
Mes succès inouïs ne vous sont point contraires.

    Pour guérir les tristes langueurs,
    J'éteins vos flâmes inquietes.

Depuis que sous mes loix les allarmes secretes
    Ne troublent plus les cœurs,
On est heureux sans crainte, on se quitte sans peine ;
Et libre de regrèts, de soins, & de soûpirs,
L'amant reçoit & brise, en même jour, sa chaîne.

    L'instant de ses desirs,
    Acheve ses plaisirs.

B

Prenés part à nos Jeux ; dans ces lieux tout respire
Les charmes séduisants que ma présence inspire.

(*Les Suivants de* LA MODE *expriment par des
Pantomimes l'inconstance de cette* NIMPHE.)

L'AMOUR, à LA MODE.

Les bisares Concerts qu'en ce jour vous m'offrés,
Par Apollon jamais ne furent inspirés.
Sur les Mortels votre empire m'étonne :
A toutes leurs erreurs l'Amour les abandonne.

(*A part.*)

De Vénus, pour Psiché, je connois les rigueurs,
Ne songeons dèsormais qu'à finir ses malheurs.

(*Il sort.*)

LA MODE & LE CHŒUR.

L'Amour nous céde la victoire.
Quel triomphe est plus doux ! célébrons-en la gloire.
L'inconstance du goût offre mille douceurs,
Bravons ce Dieu ; c'est le tiran des cœurs.

CONTRE-DANSE.

LE CHŒUR, *sur le Refrain.*

Iᵉʳ. COUPLET.

Souveraine
Des plaisirs,
Votre goût seul nous entraîne :
Souveraine
Des plaisirs,
Remplissés tous nos desirs.

IIᵉ. COUPLET.

Votre empire
Dans ces lieux
Produit le plus grand délire :
Votre empire
Dans ces lieux
Rend tous les mortels heureux.

FIN DU PROLOGUE.

ÆGLÉ,

BALLET-HÉROÏQUE,

DONNÉ A VERSAILLES

En 1748. & 1750.

Et mis pour la premiere fois au Theâtre de l'Académie-
Royale de Musique, le Jeudi 18 Février 1751.

PREMIERE ENTRÉE.

Les Paroles de Monsieur *LAUJON*, Secretaire des Commandements de S. A. S. Monseigneur le Comte de CLERMONT.

La Musique de Monsieur *DE LA GARDE*, Maître de Musique des Enfants de FRANCE.

A C T E U R S

APOLLON, *sous l'habit d'un Berger & sous le nom de* MISIS, M^r. Larivée.

ÆGLÉ, *Bergere*,   Mlle. Lemiere.

LA FORTUNE,   Mlle. Dubois.

GÉNIES, *Suivants de* LA FORTUNE.

BERGERS & BERGERES.

DIVINITÉS CHAMPÊTRES.

PERSONNAGES DANSANTS.

SUIVANTS DE LA FORTUNE.

Mr. V E S T R I S.

Mr. L E G E R.   Mlle. R A Y..

Mrs. Trupty, Hamoche, Valentin.

Mlles. Siane, St. Félix, Julie.

B E R G E R S & B E R G E R E S.

Mlle. V E S T R I S.

Mr. G R O S S E T.   Mlle. D U M O N C E A U.

Mrs. Béate, Gougi, Cezeron.

Mlles. Baſſe, Valentin, Saron.

F A U N E S & D R I A D E S.

Mlle. L Y O N N O I S.

Mrs. H U S,   G A R D E L.

Mrs. Lelievre, Hyacinte, Levoir.

Mlles. Demiré, Meſcar, Lacour.

Æ G L É.

ÆGLÉ,
PREMIERE ENTRÉE.

Le Théâtre repréſente un Verger ; le fond eſt occupé
par le Temple de la Fortune.

SCENE PREMIERE.
Æ G L É, *ſeule.*

AH ! que ma voix me devient chere,
Depuis que mon Berger ſe plaît à la former.
Amour, rends mes accents dignes de le charmer :
    C'eſt peu, c'eſt trop peu de lui plaire ;
    Ne pourrai-je point l'enflâmer ?

    Lorſque Miſis, dans ce Bocage,
Vint prêter à mes chants un charme plus flateur,
    Amour, c'étoit le plus doux eſclavage
    Que tu préparois à mon cœur.

C

Ah ! que ma voix me devient chere,
Depuis que mon Berger se plaît à la former.
Amour, rends mes accents dignes de le charmer ;
   C'est peu, c'est trop peu de lui plaire ;
   Ne pourrai-je point l'enflâmer ?

(*Une Symphonie annonce l'arrivée de* LA FORTUNE.)
La Fortune paroît ! Cher Amant que j'adore,
Le plaisir de te voir s'éloigne donc encore !

                    (*Elle sort.*)

SCENE II.

LA FORTUNE, CHŒUR de GÉNIES,
SUIVANTS de LA FORTUNE.

LE CHŒUR.

Fortune, écoutés-nous ; répondés à nos vœux :
   Nos cœurs, où regne l'inconstance,
Ne peuvent plus long-tems se fixer en ces lieux.
Volons, éloignons-nous ; répondés à nos vœux :
   Servés mieux notre impatïence.

(*Les Suivants par leurs Danses expriment leur impatience.*)

LA FORTUNE.

O vous, que le Destin enchaîne sur mes pas,
Esprits impatïens, troupe aveugle & volage,
   Ne murmurés pas davantage

De me voir ſi long-tems habiter ces climats.
Je ne ſuis plus cette fiere Déeſſe,
Maîtreſſe de changer à mon gré l'Univers.
Un berger me donne des fers,
Et le cruël encor réſiſte à ma tendreſſe.

L E C H Œ U R.

D'une funeſte flâme il faut vous dégager.
Le plaiſir ſur vos pas regne avec l'abondance:
Fuyés l'Ingrat qui vous offenſe ;
C'eſt le punir, c'eſt vous venger.
Fuyés l'Ingrat qui vous offenſe.

L A F O R T U N E.

Pour être ingrat, en ſait-il moins charmer ?
Le doux eſpoir de l'enflâmer
Me fait trouver mille appas dans ma peine :
Pour être ingrat, en ſait-il moins charmer ?
Malgré les rigueurs de ma chaîne,
Je fais encor mon bonheur de l'aimer.
Pour être ingrat, en ſait-il moins charmer ?

(*à part.*)

Mais il vient. Ah ! l'Amour peut-être le ramene.
(*à ſa Suite.*)
Eloignés - vous.
(*La Suite de* L A F O R T U N E *ſe retire.*)

SCENE III.
LA FORTUNE, MISIS.

MISIS, à part.

LA Fortune en ces lieux !
Sous cet habit ruſtique, & peu fait pour les Dieux,
Apollon à ſon cœur n'offre que trop de charmes.

LA FORTUNE.

Tu crains de paroître à mes yeux :
Tu vas renouveller mes mortelles allarmes.

Ah ! ſi tu ne viens point répondre à mon ardeur,
     A mes regards pourquoi t'offrir encore ?
Ta vue eſt trop funeſte au repos de mon cœur :
Elle va redoubler le feu qui le dévore.
Ah ! ſi tu ne viens point répondre à mon ardeur,
     A mes regards pourquoi t'offrir encore ?

MISIS.

Pourquoi chercher à m'engager ?
C'eſt un plaiſir pour vous de devenir volage ;
     L'inconſtance eſt votre partage :
     L'Amour conſtant eſt celui d'un berger.
     Pourquoi chercher à m'engager ?

LA FORTUNE.

Cette légereté, dont ton amour s'offenfe,
Eft un tître nouveau qui te parle pour moi.
Je vois tous les mortels avec indifférence ;
  Ils éprouvent mon inconftance ;
Cœur ingrat ! je ne fuis conftante que pour toi.

Cette légereté dont ton amour s'offenfe,
Eft un tître nouveau qui te parle pour moi.

M I S I S.

Ah ! c'eft trop feindre ; j'aime, & ne dois plus le taire.

Lorfque vous quittés tout pour l'objet de vos feux,
Ne me dites-vous pas ce que mon cœur doit faire ?
  Ah ! confultés les yeux de ma bergere ;
  Ils vous le diront encor mieux.

Æglé tient tous fes biens des mains de la nature ;
  Sa richeffe, c'eft la beauté :
L'art ne releve point l'éclat de fa parure :
Des fleurs font l'ornement de fa fimplicité ;
Et fon cœur, qui jamais ne connut l'impofture,
  Que rien encor n'a pu charmer,
  Eft le prix que l'Amour affûre
Au berger trop heureux qui pourra l'enflâmer.

LA FORTUNE.

C'eft trop entendre un ingrat qui m'offenfe.

C'eſt aſſés ; je dois vaincre une inutile ardeur.
          C'eſt dèſormais aux traits de ma vengeance,
Que tu reconnoîtras les tranſports de mon cœur.
                              (*Elle ſort.*)
          M I S I S, à part.

Ah ! je crains ton courroux bien moins que ta
conſtance.

S C E N E   I V.
M I S I S, ſeul.

PAiſibles Bois, Vergers délicïeux,
J'abandonne pour vous le ſéjour du tonnerre.
          J'ai laiſſé mon rang dans les Cieux ;
          Tous mes plaiſirs ſont ſur la Terre.

Æglé me croit berger ; que mon cœur eſt flaté !
Mon rang eſt un ſecret qu'il faut que je lui cele,
          Même après ma félicité.

          Comme berger, je goûterai près d'elle
Les plaiſirs de l'amour & de l'égalité ;
Et ſi je me ſoûviens de ma Divinité,
Ce ſera pour brûler d'une ardeur éternelle.

          Paiſibles Bois , *&c.*

          Mais Æglé porte ici ſes pas....

SCENE V.
ÆGLÉ, MISIS.
MISIS.

AH ! je vous attendois, Bergere.

ÆGLÉ.

Hélas ! dans ces Vergers je ne vous croyois pas.

MISIS.

J'y viens quand le jour les éclaire,
Animé par l'espoir d'entendre votre voix.

ÆGLÉ.

C'est vous qui la formés : oui, si ma voix peut plaire,
C'est à vous seul, Misis, que je le dois.

Un jour que je chantois sous ces naissants ombrages,
Tous les Oiseaux de ces Bocages
Formerent, à-l'envi, les concerts les plus doux.
Je crus qu'ils imitoient, dans leurs tendres ramages,
Les leçons que je tiens de vous.

MISIS.

Que mon cœur est flaté d'un si charmant langage !

Quand je ne vous vois pas,
Des airs que j'ai choisis je vous offre l'hommage.

D'un tendre soûvenir je goûte les appas.

     Mon cœur ainsi se dédommage

Des douceurs que je perds, quand je ne vous vois pas.

Æ G L É.

Et quand vous me quittés, je m'occupe sans-cesse

A répéter les airs dont vous avés fait choix.

Mais, quelques doux qu'ils soient, j'y trouve une tristesse

Qu'ils n'ont pas, quand tous deux nous unissons nos voix.

M I S I S.

Nos bergers, l'autre jour, m'apprirent un air tendre,

Un air simple & touchant; il semble fait pour nous;

Il convient à nos voix: ce qui peut vous surprendre,

J'y place votre nom.

Æ G L É.

Mon nom ?

M I S I S.

                  Daignés m'entendre:

Je chante toûjours mieux, quand je chante pour vous.

Mais non, suivés plûtôt une route plus sûre:

Avant d'imiter l'art, consultés la nature.

Chantés, ne craignés rien ; tout par vous s'embellit.

Il

(*Il lui donne la Chanson.*)

ÆGLÉ chante d'une voix timide.

» Que je vous aime !
» Je vous inſtruis, enfin, de mon amour extrême.
» Il eſt tems de parler, lorſque tout me trahit ;
» Le trouble de ma voix, mes yeux... ah ! tout
    vous dit :
    » Que je vous aime ,
    » Æglé ! que je vous aime ! »

MISIS , lui donnant leçon.

    » Que je vous aime ,
    » Æglé ! que je vous aime ! »

ÆGLÉ.

Vous n'êtes pas content ? vous blâmés, je le vois,
Mes ſons mal aſſûrés... le trouble de ma voix.

MISIS.

Ils m'enchantent !...

ÆGLÉ.

    Miſis, parlés - moi ſans miſtère.

MISIS.

Cette timidité me paroît néceſſaire.
On doit être timide en avoüant ſes feux.

D

ÆGLÉ.

ÆGLÉ.

Ah ! vous me raſſûrés.

MISIS.

Je me plains de vos yeux :
Les miens expriment mieux… » Æglé, que je vous
aime ! »

ÆGLÉ.

Je les regarderai, pour m'exprimer de même.

MISIS, *continuant la leçon.*

» Que je vous aime,
Æglé ! que je vous aime ! »

ÆGLÉ *prononce le nom de ſon amant, au lieu de celui de la chanſon.*

» Que je vous aime,
Miſis ! … »

MISIS.

Dieux !

ÆGLÉ.

Ciel ! qu'ai-je fait ?

MISIS, *à ſes genoux.*

Mon bonheur.

ÆGLÉ.

Ah ! je vous regardois, vous paroîſſiés ſincere ;
Comment ne pas trahir le ſecret de mon cœur ?

M I S I S.

Pour former votre voix, l'art est-il néceſſaire ?
C'eſt votre cœur que je voulois former.

Æ G L É.

Eh ! je n'apprenois l'art de plaire,
Que pour apprendre à vous charmer.

E N S E M B L E.

Pour toûjours l'Amour nous enflâme ;
Ce Dieu peut-il unir deux amants plus parfaits ?
Non, ſi j'en dois juger par mon âme,
Vous ne changerés jamais.

Tendre Amour, dans vos chaînes
Tout, juſqu'à vos peines,
Nous fait mieux goûter vos bienfaits.

(On entend une Symphonie qui ſort du Temple de la Fortune.)

Dieux ! quels ſons pleins d'attraits !

SCENE VI.

(Le Temple de la Fortune s'ouvre. Cette Déesse y paroît au milieu de sa Suite, qui offre aux yeux des Bergeres ses tréfors les plus éclatants.)

LA FORTUNE, ÆGLÉ, MISIS, CHŒUR de BERGERES & de SUIVANTS de LA FORTUNE.

CHŒUR de BERGERES.

Courons, volons dans ces Forêts.

CHŒUR de SUIVANTS de LA FORTUNE.	CHŒUR de BERGERES.
Trïomphés , Fortune brillante :	Que d'aimables concerts ?
Des Plaifirs la troupe riante	Quel éclat nous enchante!

Embellit le féjour où vous portés vos pas ,
Et vole loin des lieux où vous ne régnés pas.

(*Danſe des Suivants de la Fortune.*)

LA FORTUNE, aux BERGERES.

Je diſpôſe à mon gré des tréſors de la Terre :
Si mes biens vous ſont chers, je les offre à vos cœurs.
Abandonnés pour moi tout ce qui peut vous plaire,
Bergeres ; à ce prix on obtient mes faveurs.

On danſe.

CHŒUR DE BERGERES.

Soûmettons-nous à ſa puiſſance :
Que de biens elle diſpenſe !
Qu'elle regne à-jamais
Sur nos cœurs ſatisfaits.
(*Elles ſe rendent au Temple de la Fortune.*
Æ G L É ſeule reſte.)

LA FORTUNE, à part.

Æglé ne les ſuit point !

MISIS.

Dieux ! que vois-je ?

LA FORTUNE, à ÆGLÉ.

Bergere,
L'éclat de mes bienfaits n'éblouït point vos yeux ?
Æ G L É.
Il en eſt de plus chers.

L A F O R T U N E, à part.

De plus chers ? juftes Dieux !

Æ G L É.

J'ai le cœur d'un berger fincere.

Nos troupeaux font nos biens ; nous vivons fans
    defirs.

Bien aimer, voilà mes plaifirs :
Mifis, ma gloire eft de vous plaire.

L A F O R T U N E.

Trïomphe, Ingrat ! vois mon dépit affreux.
Oui, je voulois ravir ta bergere à tes feux.
Il eft un cœur conftant, & l'Amour te le donne.

(à fa S u i t e.)

Portons loin de ces lieux ma honte & ma douleur.

(A u x B e r g e r e s.)

Vous, ne me fuivés pas ; témoins de mon malheur,
Bergeres, je vous abandonne :
Vous pourriés de mes maux me retracer l'horreur.

(Elle fort, & fon Temple difparoît.)

M I S I S.

Dans vos Hameaux vivés tranquilles ;
Ils offrent à vos cœurs des biens plus précïeux.

Et vous, qu'elle éxiloit de ces charmants afiles,
Dieux des Bois, revenés ; célébrés par vos jeux
L'Amour, qui pour-jamais l'éloigne de ces lieux.

(*Danfe de Divinités Champêtres.*)

Æ G L É.

Du Dieu qui regne fur nos âmes,
La gloire eft de nous rendre heureux :
Jeunes cœurs, qui craignés fes flâmes,
Voyés nos plaifirs dans nos yeux.

ÆGLÉ & MISIS.

Que notre chaîne fera belle !
Vous m'aimés, je vous fuis fidele.

MISIS.

L'Amour comble tous nos defirs ;
Il va nous rendre heureux fans-ceffe.

Æ G L É.

Que nous importe la richeffe ?
Les vrais biens font les plaifirs.

ENSEMBLE.

Du Dieu qui regne fur nos âmes,
La gloire eft de nous rendre heureux :

Æ G L É.

Jeunes cœurs, qui craignés ſes flâmes,
Voyés nos plaiſirs dans nos yeux.

On danſe.

L E   C H Œ U R.

Au ſon de nos Chalumeaux,
Rïons, chantons ſous ces Ormeaux :
Vole, Amour, vole en ces lieux ;
Regne en nos jeux.

FIN DE LA PREMIERE ENTRÉE.

L'AMOUR

L'AMOUR

ET

PSYCHÉ.

DEUXIEME ENTRÉE.

E

ACTEURS.

PSYCHÉ,	Mlle. Arnoud.
TISIPHONE,	M^r. Gélin.
L'AMOUR,	Mlle. Lemiere.
VÉNUS,	Mlle. Davaux.

L'INCONSTANCE, *Personnage danſant.*

Suite de L'INCONSTANCE.

TROUPE *de* DÉMONS.

Suite de VÉNUS.

TROUPE *de* PLAISIRS, *de* RIS & *de* JEUX.

PERSONNAGES DANSANTS.

PREMIER DIVERTISSEMENT.

L'INCONSTANCE, Mlle. LANY.

SUITE DE L'INCONSTANCE.

M^rs. Trupty, Hamoche, Groſſet, Valentin.

Mlles. Siane, S^t. Félix, Julie, de Ferriere.

DÉMONS.

M^r. LAVAL.

M^rs. Hyacinthe, Hus, Gardel, Leger.

SECOND DIVERTISSEMENT.

GRACES.

Mlles. DEMIRÉ, MESCAR, RAY.

PLAISIRS & JEUX.

M^r. BÉATE.

M^rs. Trupty, Hamoche, Groſſet, Gougi, Cezeron, Valentin.

Mlles. Martigny, Lacour, Baſſe, Tételingre, Chefdeville, Saron.

ZÉPHIR,	M^r. LEGER.
FLORE,	Mlle. DUMONCEAU.

L'AMOUR ET PSYCHÉ,
DEUXIEME ENTRÉE.

Le Théâtre repréfente, d'un côté l'extérieur du Palais de
L'INCONSTANCE, de l'autre des Rochers.
On voit la Mer dans le fond.

SCENE PREMIERE.
PSYCHÉ, TISIPHONE.
PSYCHÉ.

O Vénus, n'as-tu pas épuifé ta vengeance ?
Après tous mes malheurs divers,
Après avoir caufé ma fatale imprudence,
Faut-il que ta rigueur apprenne à l'Univers
Les maux qu'endure l'innocence ?

E ij

TISIPHONE.

Rien ne fléchit une Divinité,
Dès qu'on blesse sa vanité.
Douter de sa puissance,
Est une moindre offense
Que de surpasser sa beauté.

PSYCHÉ.

Surpasser sa beauté ! non il n'est pas possible.
Mais je posséde un plus grand bien,
C'est un cœur tendre, un cœur sensible :
Que le cœur de Vénus est différent du mien !

TISIPHONE.

Ta fierté doit encore exciter sa colére.

PPYCHÉ.

En vain vous voulés vous unir !
J'adore un Dieu charmant, j'ai le don de lui plaire.
Du moins il fait aimer, si Vénus fait haïr.

TISIPHONE.

Tu verras ta flâme trahie.
Tu crois l'Amour constant dans son ardeur ;
Je suis trop ton ennemie
Pour te laisser ton erreur.
Je veux faire couler tes larmes,
Et ton orgueil n'aura trïomphé qu'un moment.

Viens admirer les charmes
Qui t'enleveront ton amant.

P S Y C H É, *à part.*

L'Amour me trahiroit ? o mortelles allarmes !

T I S I P H O N E.

O vous, qui charmés tous les yeux,
Venés jeunes Beautés, paroîſſés en ces lieux.

S C E N E II.

PSYCHÉ, TISIPHONE, L'INCONSTANCE,
Perſonnage danſant, ſuite de L'INCONSTANCE.

On danſe.

T I S I P H O N E.

DE tes attraits l'Amour va perdre la mémoire ,
Et s'enflâmer d'une nouvelle ardeur.

P S Y C H É.

Il m'aimera toûjours, je me plais à le croire ;
Et ſes ſerments ſont gravés dans mon cœur.

L E C H œ U R.

Un ſi charmant vainqueur
Doit-il ſe contenter d'une ſeule victoire ?
S'il eſt amant pour ſon bonheur,
Qu'il ſoit volage pour ſa gloire.

On danſe.

P S Y C H É.

Rendre un cœur infidele, est-ce un plaisir si doux?

L E   C H Œ U R.

Ah ! ç'en est un que rien n'égale.
Un amant n'a souvent de tîtres près de nous
Que les charmes d'une rivale.

P S Y C H É.

Quel plaisir prenés-vous
A rendre un cœur jaloux.

L E   C H Œ U R.

Ah ! ç'en est un que rien n'égale.

P S Y C H É.

L'hommage d'un amant trompeur
Ne doit point flater une belle.
L'unique bien, le vrai bonheur
Est celui d'être aimé d'un cœur tendre & fidele.

On danse.

(On entend un Prélude.)

T I S I P H O N E.

Mais l'Amour va paroître, il faut suivre mes pas.
Viens, vole en de nouveaux climats.

SCENE III.
L'AMOUR, *seul.*

ON vous dérobe en vain à mon impatïence,
Trop aimable Pſyché, ne verſés plus de pleurs.
Je vous ſuivrai par-tout : & ma perſévérance
   Laſſera la vengeance
De la Divinité qui cauſe vos malheurs.

Je reſſens comme vous mille peines mortelles ;
   Mais des épreuves ſi cruëlles.
   Redoublent ma vivacité.
   Quand je vole après la beauté,
   Je m'applaudis d'avoir des aîles.

       (*Il ſort.*)

SCENE IV.
PSYCHÉ & TISIPHONE, *ſur un Vaiſſeau.*
TISIPHONE.

CRains ſans-ceſſe un affreux trépas
Sur cet Élément redoutable.
  Non, je ne trouve pas
Que ton deſtin ſoit aſſés déplorable.

PSYCHÉ.

Monftre cruël, fers les fureurs
De mon implacable ennemie !
Malgré fa barbarie,
Si l'Amour eft conftant, je brave mes malheurs.

TISIPHONE.

Neptune, tu l'entends : c'eft Vénus qu'on offenfe ;
A ton Empire elle doit fa naiffance ;
Puifqu'on ôfe l'outrager,
Hâte-toi de la venger.

(L'obfcurité s'empare du Théâtre. Il s'éleve une Tempête.)

ENSEMBLE.

Psyché. } Juftes Dieux, prenés ma défenfe !
Tisiph. } N'efpere rien de leur clémence.

Psyché. { Comblerés-vous mes maux, loin de les
        foulager ?
Tisiph. { Ils combleront tes maux, loin de les fou-
        lager.

(Le Vaiffeau fe brife ; PSYCHÉ fe fauve fur un Rocher,
où TISIPHONE la fuit.)

SCENE

SCENE V.

L'AMOUR, PSYCHÉ & TISIPHONE,
sur le Rocher.

L' A M O U R.

Vents furïeux, rentrés dans le silence,
Cessés, reconnoîssés ma voix.

P S Y C H É , *à l'Amour.*

Tu n'es pas inconstant, puisque je te revois.

T I S I P H O N E , *à l'Amour.*

Je vais dans les Enfers achever ma vengeance;
Tremble! elle va souffrir pour la derniere fois.

(*Psyché est précipitée dans la Mer.*)

L' A M O U R , *seul.*

Ciel! on va la livrer à la Parque cruëlle:
Amour infortuné, que vas-tu devenir ?
    Ne tardons plus, il faut la secourir;
Descendons sur ses pas dans la nuit éternelle.

(*Il sort.*)

F

SCENE VI.

(Le Théâtre change , & repréfente l'Enfer.
L'obfcurité y régne.)

PSYCHÉ, TISIPHONE, Troupe de Démons.

TISIPHONE ET LE CHŒUR.

NOn, non, n'efpere pas
Que ton tourment finiffe.

P S Y C H É.

Dans quels funeftes lieux conduifés-vous mes pas ?
Cruëls ! quels maux encor faut-il que je fubiffe ?

L E   C H Œ U R.

Non, non, nefpere pas
Que ton tourment finiffe.

P S Y C H É.

Du-moins par mon trépas,
Terminés mon fuplice.

L E   C H Œ U R.

Non, non, n'efpere pas
Obtenir le trépas.

PSYCHÉ.

Ah ! suspendés vos fureurs inhumaines ;

LE CHŒUR.

Non, non.

PSYCHÉ.

Que mes malheurs puissent vous attendrir.

LE CHŒUR.

Tes plaintes sont vaines ,
Rien ne sauroit nous fléchir ;
Nous ne pouvons t'offrir
Que la flâme & les chaînes ;
Nous soulageons nos peines
En te fesant souffrir.

PSYCHÉ.

Sort inhumain ! Destin barbare !

LE CHŒUR.

Tes cris & tes clameurs
Ne touchent point nos cœurs ;
Le Tartare
Te prépare
De nouveaux malheurs.

PSYCHÉ.

Dieux !

LE CHŒUR.

Tes plaintes font vaines
Rien ne fauroit nous fléchir;
Nous ne pouvons t'offrir
Que la flâme & les chaînes :
Nous foulageons nos peines
Fn te fefant fouffrir.

(*Une Troupe de Furies , avec des flambeaux , vient
épouvanter* P s y c h é.)

PSYCHÉ.

Amour ! c'eft toi feul que j'implore ;
Viens, vole à mon fecours en cet affreux moment.

TISIPHONE.

Cet objet que ton cœur adore,
Sera bientôt ton plus cruël tourment.
Ton âme, en le voyant, d'horreur fera faifie ;
Connoîs toute ma crüauté :
Tu fouffrirois trop peu fi je t'ôtois la vie,
Je fais bien plus, je détruis ta beauté.

(*Elle la touche de fes Serpents.*)

PSYCHÉ.

Aux yeux de mon amant je n'aurai plus de charmes,
Ciel !

T I S I P H O N E.

Je te livre à tes allarmes.

L'Amour va dans ces lieux répandre la clarté,
Mais tremble! cet inftant terrible
Doit n'éclairer que ta difformité.
Pleure, gémis, fois affreufe & fenfible:
C'eft le tourment le plus horrible
Que l'on ait encore inventé.

L E   C H Œ U R.

Pleure, gémis, fois affreufe & fenfible:
C'eft le tourment le plus horrible
Que l'on ait encore inventé.

(*Tifiphone & les Chœurs fortent.*)

P S Y C H É, feule.

J'ai perdu mes attraits, & l'Amour va paroître;
De mon deftin rien n'égale l'horreur!
L'effroi que mon afpect dans fon cœur fera naître
Éteindra pour moi fon ardeur;
Et, s'il me voit fans me connoître,
Je n'ôferai jamais diffiper fon erreur.

J'ai perdu mes attraits, & l'Amour va paroître;
De mon deftin rien n'égale l'horreur!

SCENE VII.
L'AMOUR, PSYCHÉ.

L'AMOUR.

JE viens enfin terminer vos allarmes,
Sortés de ces funestes lieux.

Venés revoir la lumiere des Cieux;
Le jour paroît plus doux en éclairant vos charmes.

PSYCHÉ.

L'obscurité de ce séjour affreux
Convient à ma douleur mortelle;
Je ne dois mes attraits qu'à l'erreur de vos feux,
Peut-être à vos regards serai-je un jour moins belle.

L'AMOUR.

Votre éclat frappe tous les yeux.
Les Dieux en vous voyant, admirant leur ouvrage,
Voudroient vous élever à l'immortalité;
Mais aucune Divinité
Ne veut vous donner son suffrage.
Pour l'honneur de votre beauté
Ce refus vaut mieux qu'un hommage.

Venés, & rendés-vous à la clarté du jour.

PSYCHÉ.

A mon bonheur elle feroit contraire.

L'AMOUR.

Nuit, qui me cachés ce miftère,
Difparoîffés, fuyés devant l'Amour.

(*Le Théâtre s'éclaire.*)

PSYCHÉ.

Que faites-vous? Je vous perds fans retour:

L'AMOUR.

Ciel ! ce n'eft point Pfyché que l'on offre à ma vûe.
Du charme de fa voix je goûtois les douceurs ;
Par quelle puiffance inconnue ?...

PSYCHÉ.

Malheureufe Pfyché !...

L'AMOUR.

Qu'entends-je ?

PSYCHÉ.

Je me meurs.

(*Elle tombe évanouie.*)

L'AMOUR.

C'eſt elle, juſtes Dieux ! puis-je la méconnoître ?
Chere amante ! vivés, & calmés vos douleurs.
Jugés du feu que vous avés fait naître,
Puiſqu'à vos piés l'Amour verſe des pleurs.

PSYCHÉ.

Quels doux accents ſuſpendent mes allarmes ?
Quoi ! malgré ma difformité. . . .

L'AMOUR.

Vénus, en détruiſant vos charmes,
N'a pas détruit ma ſenſibilité.
Vos ſoûpirs, vos plaintes, vos larmes
Vous donnent un pouvoir plus grand que la beauté.

(*Le Théâtre change, & repréſente le Palais de Vénus ;
on voit cette Déeſſe ſur un Trône , environnée
des Grâces , & de ſa Suite.*)

L'AMOUR ET PSYCHÉ.

Quel changement ! quel Palais enchanté !

SCENE

SCENE DERNIERE.

VÉNUS, L'AMOUR, PSYCHÉ, *Suite de* VÉNUS.

VÉNUS.

PSyché, ne craignés plus ma vengeance cruëlle,
Je viens par mes bienfaits réparer vos malheurs :
  Une tendreſſe ſi fidelle
  Doit trïompher de tous les cœurs.
 Reprenés vos attraits, ſoyés encor plus belle ;
Que mon fils vous élève aux ſuprêmes grandeurs.
L'Himen va vous unir d'une chaîne éternelle ;
  Pour en goûter à-jamais les douceurs,
  Jupiter vous rend immortelle.

L'AMOUR ET PSYCHÉ.

  Généreuſe Divinité !
 De nos cœurs recevés l'hommage :
  Après avoir ſouffert l'orage,
  Que le calme a de volupté !

VÉNUS.

Vénés Plaiſirs, chantés leur ardeur mutuëlle,
 Par vos attraits embelliſſés ma Cour :
Retracés dans vos jeux une image fidelle,
  De la victoire de l'Amour.

     On danſe.
     G

(La suite de VÉNUS, célébre le bonheur de L'AMOUR.)

P S Y C H É, *à l'Amour.*

Mon bonheur est extrême !
Vous partagés mes feux ;
Vous m'aimés, je vous aime,
Mon sort est trop heureux.
De ma flâme fidele
Qui peut troubler le cours ?
Quand on est immortelle ,
On doit aimer toûjours.

On danse.

L' A M O U R, *à Psyché.*

Pour vous l'aimable Aurore
Fait éclore
Tous les présents dont Flore
Se décore.
Plaisirs, célébrés mes transports ;
Chantés le feu qui me dévore :
Par la douceur de vos accords ,
Enchantés l'objet que j'adore.

L E C H Œ U R.

Pour vous l'aimable Aurore
Fait éclore

Tous les préfens dont Flore
Se décore.
Plaifirs, célébrons fes tranfports,
Chantons le feu qui le dévore :
Par la douceur de nos accords,
Enchantons l'objet qu'il adore.

F I N.

APPROBATION.

J'Ai lu , par ordre de Monfeigneur le Chancelier , une réimpref-
fion *du Poëme D'Ægle , & de celui de L'Amour & de Psyché ,*
dont les repréfentations ont toujours été extrêmement applaudies.
A Paris , ce 9 Juin 1760.

DE MONCRIF.